AF582868

Cachitos de fuego

Jordi ALDEGUER • Enric GISBERT • Ana Laura GUTIÉRREZ ROBLES
Noelia IBÁÑEZ • José Luis LUNA • Esteffany MARTÍNEZ
Gaueko MATEO • Álvaro PUCHOL • Nuria RIERA WIRTH

Cachitos de fuego

@barcelonaescribe
http://barcelonaescribe.club/

Colección Barcelona Escribe
Coordinación de la colección: Nuria Riera Wirth
Diseño y maquetación: Enric J. Gisbert (enricshy@gmail.com)
Ilustración: Eva Gordillo Ibáñez, Enric J. Gisbert
Primera edición: octubre de 2022
ISBN: 978-84-09-44120-4

Índice

Prólogo

Cachitos de Fuego es la continuación, o no, de Cachitos de Tierra. Finalizado este primero, nos planteamos si podríamos hacer un libro de cada elemento: Tierra, Fuego, Aire y Agua. Y en ello estamos.

Los treinta relatos que componen este libro versan sobre el fuego. ¿De qué tipo? Cualquiera que se os ocurra: fogatas, incendios, barbacoas, volcanes, velas de cumpleaños o pasionales.

Cada autor participante ha escrito acerca de lo que para él representa el fuego y por ello en este libro encontrarás fuegos más o menos naturales, pero todos muy legales y legibles.

Se dice que quién con fuego juega se quema. Quizás sea cierto, pero todo depende de la llama que te acompañe.

¿Te has quemado alguna vez?

No aflijamos a los hombres con recuerdos. Que olviden. Quememos, quememóslo todo. El fuego es brillante y limpio.

Ray Bradbury

Las damas blancas

Aclaración previa

En el siguiente relato de base histórica he intentado ceñirme lo máximo posible a la realidad del momento según lo que hoy sabemos acerca de la vida y costumbres de la población romana del siglo primero si bien algún dato pertenece a la leyenda, especialmente el de la autoría del incendio de Roma por parte de Nerón.

Según el historiador Tácito el emperador se encontraba fuera de la ciudad en ese momento y no pudo causar el suceso directamente.

La acusación de Nerón como pirómano proviene, seguramente, de grupos cristianos quienes quisieron involucrar a su cruel perseguidor.

Como otras veces el grupo acudía al mercado semanal. Ésta era una de las actividades preferidas para Celia.

En el centro de la ciudad se acrisolaban las voces y los olores de toda la gente de la región. Se ofertaban frutas y verduras abigarradas en los tenderetes y animales dispuestos en las jaulas para la venta. Las cajas estaban llenas de cereales, legumbres y frutos secos. Otras contenían fragantes especias llegadas desde los lejanos confines del Imperio y aún desde más allá, desde territorios exóticos a los que sólo los mercaderes más atrevidos osaban acercarse. Los propios asistentes al mercado constituían un espectáculo cautivador; esa mezcla de orígenes, tonalidades de piel, idiomas y vestimentas que convergían atraídos por el magnetismo de la capital del mundo. Los vendedores lanzaban reiteradamente al viento las bondades de su mercancía, mientras los esclavos esperaban estoicos a su nuevo amo. En cada esquina pedigüeños, mancos, cojos, y supuestamente ciegos, extendían las manos hacia la exigua caridad ajena.

En cuanto el grupo de vírgenes aparecía en la plaza todas las miradas se dirigían hacia ellas; ramillete de lirios esbeltos, blancos y fragantes que avanzaban al tiempo que toda la gente se apartaba a su alrededor en señal de respeto y admiración.

Eran las cuidadoras del fuego sagrado de Roma, el fuego que ellas mantenían vivo desde el tiempo de los fundadores, ese tiempo mítico que fraguó la grandeza de la mayor civilización de la historia. Las garantes de la llama que protegía a los suyos de los enemigos y que, a la vez, les impulsaba a llevar sus costumbres y sus dioses hasta el último confín del mundo.

Los ancianos bajaban la cabeza en su presencia y los jóvenes quedaban paralizados por su lozana belleza. Las hijas de los patricios envidiaban su elegancia de lino y seda. Y todos las respetaban porque el Sumo Pontífice en persona las había escogido a ellas, y no a otras, entre las más bellas y preparadas para que consagraran su pureza y su vida a mantener el fuego de Vesta.

En efecto, el mercado de la Gran Plaza era el lugar preferido de Celia más allá de las paredes del templo que acogía a las jóvenes, su casa. Aquella variedad de objetos y utensilios la deslumbraba, algunos de los cuales la sacerdotisa veía por primera vez: cerámicas con incrustaciones vidriadas, abalorios de bronce, plata y oro, ajuares completos de cocina, sales de baño de Tiro, balanzas de precisión, peines fabricados con caparazón de tortuga, pasadores y agujas de hueso, sedas de Oriente, tapices persas, sandalias griegas, inciensos de Arabia...

El pequeño grupo se detuvo frente al puesto de un vendedor de ánforas. Era necesario reponer algunas de las que contenían las legumbres y el vino en la Gran Casa y también aquella que guardaba el óleo ceremonial, combustible del fuego imperecedero.

El viejo mercader y ceramista estaba a la sazón en animosa charla con algún colega y su joven hijo salió de repente, como un aparecido, de detrás de las lonas para atender al grupo. Su primera mirada, medio furtiva, y la sonrisa que eclipsó al mismísimo sol de mediodía fueron para Celia.

—Aquí tenemos las mejores vasijas —carraspeó—. Las más estilizadas y resistentes de Roma. Decidme, ¿qué necesitáis? —farfulló el muchacho todavía turbado con la visión de tan bellas compradoras.

Celia retrocedió un poco para esconderse tras sus compañeras, pero sin perder de vista los ojos que la habían seducido.

—Necesitamos tres grandes, de un Modius cada una, y una de medio Semodii —apuntó con decisión la Mater Vestalis—. Mañana pasarán nuestros siervos a recogerlas.[1]

El grupo prosiguió su periplo y a partir de ese momento un vendaval sacudió la pacífica y despreocupada vida de la joven. Celia había intercambiado conversaciones y cuchicheos con otras muchachas del templo, especialmente con las más veteranas, y había sentido el aleteo de la curiosidad en su estómago cuando éstas explicaban acerca de la vida de sus parientes y amigas que se habían casado. Los chismes ofrecían pinceladas inconcretas y pícaras que sugerían o especulaban sobre la intimidad de las parejas a partir de la noche de bodas. La joven se preguntaba cuánto había de cierto y cuánto de imaginación en aquellas conversaciones furtivas y alocadas que se colaban entre las columnas del templo y los rituales sagrados. Hasta ahora todas aquellas historias de arrumacos y libre pasión entre amantes eran como una nube que atravesaba el cielo sin descargar, un conjunto amorfo de suposiciones y fantasías excitantes pero inconcretas que sobrevolaban el pensamiento de la muchacha. No había tenido ninguna urgencia, hasta ahora, por desenmarañar y definir los momentos, las formas, los actos precisos, los entresijos de aquellos lascivos relatos. Pero la sonrisa del joven mercader fue como el detonante que le apremiaba a actualizar y concretar en qué consistía todo aquello del encuentro íntimo entre un hombre y una mujer: qué hacían, cómo se miraban, qué decían, qué sentían...

---

1 Medidas de capacidad romanas
Modius (1 modius = 8,754 litros). Semodii (0,5 modius o 4,377 litros).

El fuego sagrado simbolizaba para Roma el origen y la supervivencia de la civilización, el calor del hogar, el punto de reunión para su gente durante siglos. Pero sobre todo honraba a los antepasados, aún los más antiguos. Por eso no se podía apagar, porque se rompería la cadena que unía al actual gran imperio con aquellos que soñaron con él en la noche de los tiempos. Era la promesa de todo un pueblo. Y ellas eran las encargadas de mantenerla.

Todas las vestales conocían la suerte que corrieron algunas de las vírgenes que desatendieron sus obligaciones. Era conocido el caso de aquella que una noche se quedó dormida y dejó extinguirse la llama. Cuando la superiora descubrió el pebetero apagado la chica fue llevada ante el magistrado que ordenó que la azotaran con 40 latigazos en presencia de sus compañeras para que sirviera de ejemplo y escarnio, pues era sabido que una gran desgracia sacudiría a Roma si el fuego se extinguía.

Pero había una falta aún mayor y una pena aún más brutal.

Como la de aquella vestal que sucumbió ante la tentación y quebró los votos de castidad al yacer con su primo en una de las visitas que hizo a su ciudad natal. La pena era conocida: ser enterrada viva.

En la mente de la muchacha se libraba ahora la batalla entre la curiosidad, el deseo, la culpa y el temor al castigo, y por primera vez se cuestionaba su estancia en aquel recinto sagrado que la acogiera hace ya un tiempo. Recordaba su alegría y la de sus padres cuando recibieron la visita del enviado del Sumo Pontífice con la buena nueva de su elección para residir en el templo.

Y se preguntaba si todo aquello valía la pena a costa de renunciar a algo que desconocía.

Cuando la presión mental y la curiosidad fueron insoportables Celia se tragó su vergüenza y acudió a la Vestal Mater para serenar su alma sin mencionar, por supuesto, el encuentro con el joven mercader y la cascada de sensaciones que aquello tuvo para ella en los días y noches siguientes. La Virgo Máxima le habló asépticamente de los placeres de la vida en matrimonio, pero también de la sensación de falsa seguridad que aquella alianza suponía. De cómo una misma se engañaba al disponer del compromiso con otra persona, de confiar en un hombro que no era el suyo, de obtener el placer de quién lo busca en ti, de la volubilidad de los sentimientos y los compromisos conyugales. No en vano la mayoría de sacerdotisas de Vesta decidían permanecer en la Casa Sagrada en vez de casarse una vez quedaban liberadas tras sus 30 años de servicio.

La joven visitó la sala central tras su charla con la superiora. Eso sin duda la reconfortaría. A menudo se quedaba hipnotizada por el fuego en las largas noches de vigilia y dejaba revolotear sus ideas sobre él como mariposas pasajeras y livianas sin obsesionarse con ellas. Cuántas veces había seguido los leves e imperceptibles movimientos de la llama, que danzaba elegantemente siguiendo su propia exhalación o que se contorneaba con la más sutil brisa del Lazio que se colaba entre las columnas de aquella santa casa. A menudo se sentía identificada con tanta sensibilidad porque al igual que la llama ella vibraba con la risa de los niños, con el aliento de sus compañeras, con el sufrimiento de los lisiados en el mercado, con el aullido de los perros tras las murallas.

Tras la visita al mercado la joven virgen sentía arder su alma que se alimentaba de pasión carnal del mismo modo que la candela consumía los aceites de quemar. Sentía que sus pensamientos excitaban su cuerpo en una espiral de ideas y lubricidad que se retroalimentaba.

Pero la madrugada del 17 de julio del año 64 sus inquietudes fueron desplazadas bruscamente.

Unos soldados del emperador se presentaron en la sala circular central y preguntaron por la Vesta Mater. Celia completaba entonces su turno, ya medio abotargada junto al quemador. Y aquella conversación entre los recién llegados y su superiora le despabiló de golpe. Pudo oír de los enviados que Nerón, en misión secreta, pedía que la misma llama que alumbró el nacimiento de Roma fuera la que acabase con la ciudad.

—Pero ya sabéis, gran sacerdotisa que nosotros nunca hemos estado aquí. Confiamos en vuestra discreción —ultimaron los uniformados.

Minutos más tarde la Gran Señora de Vesta acudía con una lámpara de aceite hacia el centro de la sala, donde una llama inquieta danzaba con extraños movimientos que presagiaban el dolor, la muerte y la desesperación para los romanos.

Ante la atónita mirada de Celia la llama central geminó para prender en la lámpara que la besaba y que fue entregada inmediatamente a los emisarios del emperador.

Al día siguiente, y por seis jornadas más, la capital del imperio ardía por sus cuatro costados entre las siete colinas. Los gritos de desesperación, las carreras buscando auxilio, el crepitar de los tejados y el crujir de las vigas que cedían al enorme apetito de aquel ardiente monstruo rompieron el secular silencio de la residencia de las vestales.

Celia subió al piso más alto de la casa para ser testigo de la tragedia. De la ciudad llegaba un amenazante y fétido aliento cálido.

Gritos de mujeres buscando a sus hijos. Alaridos de los que intentaban zafarse de una muerte segura entre las brasas.

Un niño deambulaba perdido en el otro extremo de la plaza, hasta que las llamas lo encontraron antes que su madre. Miles de pájaros dejaban atrás la ciudad en desbandada. Un fulgor naranja servía de fondo a los perfiles de las casas y templos cuya altivez sucumbía sin resistencia.

El fuego expulsaba de las viviendas a miles de siluetas despavoridas que, al poco, acababan en sus fauces. Las vigas se quebraban liberando mil estrellas hacia el cielo.

Celia se despedía de Roma que ardía como una colosal lámpara en una noche sin fin mientras le asaltaban los recuerdos de su corta vida en la Ciudad Eterna.

Una ciudad reducida a escombros, vidas apagadas al tiempo que se avivaba la hoguera. El orgullo de los romanos convertido en negras cenizas.

Unos soldados golpearon las puertas de la casa de las vírgenes justo antes de que lo hicieran las llamas. Ya era demasiado tarde para proteger el santo recinto.

El fuego rodeaba la casa de las sacerdotisas y todas se reunieron en el atrio esperando estoicamente ser devoradas por aquel a quien sirvieron durante años.

Celia pidió a su superiora ser la última en custodiar el pebetero. Llegó a la sala que la acogió en un reducto de silencio en medio de la agitación exterior. Se acomodó en uno de los asientos que rodeaban el círculo sagrado. Se soltó la cella y su cabello de intenso azabache se desprendió sobre una de las barandillas de blanco y frío mármol en la que apoyó el mentón para mirar la menguante llama que bailaba con un fulgor extraño. Sin reponer el aceite ceremonial pudo ver cómo se extinguía poco a poco, como una alegoría de su propia vida.

Mezcal

Rozo la comisura de tus labios,
en mi viaje por tu lengua hay
solo un destino.
Me llamarán brasa
por correr hasta tu vientre
y ser deseo que te llama.

Reencuentro

Un domingo por la mañana abrió el armario. Buscó entre las perchas algo bonito que ponerse a juego con los zapatos nuevos. Se reflejaba en los mocasines de charol negro. Se decidió por un pantalón gris y una chaqueta blanca, con la intención de impresionar a Bruno: informal pero formal.

Sentada en la terraza de la vermutería, lo vio llegar; su rostro parecía tiznado por el carbón. Era rubio, pero siempre tuvo la barba oscura. Ese domingo no se había afeitado: más que un aspecto canalla, le daba un aire dejado. Aunque estaba en la cumbre de su carrera, vivía en la más absoluta miseria por mantener a tres hijos de tres matrimonios, a los cuales amaba con locura. Llevaba cinco años con el mismo traje raído.

Nada de esto les importó cuando estuvieron frente a frente y recordaron la vez que fueron a San Sebastián; un fin de semana romántico en decadencia. La pasión se había agotado. A raíz de una apuesta entraron en un *sex shop* y escogieron un corsé negro de mujer mala y peligrosa, con la intención de estrenarlo y romperlo, si fuera oportuno, esa noche. Noche que debía ser de lujuria y desenfreno para recuperar aquello que ya no existía. El traje no salió del embalaje.

El reflejo del recuerdo brilló en sus miradas. Una chispa de picardía los unió nuevamente. Bruno tomó la mano de ella y sujetó sus dedos con cuidado. Sin apartar la mirada, se los introdujo en la boca y los lamió. El ardor del ambiente les invadió y ella le ofreció un cubito de hielo entre los labios. El beso fundió el hielo resbalando en gotas bailarinas hacia una muerte asegurada en el pavimento. El agua fría no logró mitigar los ardores apasionados, ella se quitó la chaqueta y se dirigió al servicio para refrescarse.

¡Sorpresa! Él apareció en el espejo y le desabrochó el pantalón. Los dos, enfrentados a sus propios rostros bajo la luz verde de un fluorescente viejo, observaron como las olas de placer aumentaban cada vez que alguien entraba o salía del lavabo. Sentirse escrutados elevaba el ardor y la complicidad.

Entre las miradas y los gritos de sorpresa de las damas pudientes de la ciudad, con los pantalones bajados, pero sin perder la ropa interior, llegaron al éxtasis frente a sus reflejos. Se vistieron y volvieron a la mesa. Saciados de placer, las gotas de sudor eran como una bendición a mostrar a los parroquianos y darles tema de conversación para un mes: "El otro domingo, dos desconocidos se amaron en el servicio de señoras".

Ellos, ajenos a todo, frente al aperitivo se contaron sus aburridas vidas: él con sus ex-mujeres y ella con sus parejas furtivas. Y como hacía tres años, se despidieron en un semáforo con el pensamiento de que sería la última vez.

Incendio en Goma
(Un lluvioso relato en la República Democrática del Congo)

Un rayo ilumina el cielo y el caos se desata.

Aquella rabia elemental cae en la frondosa selva y las llamas comienzan a devorar todo a su paso. Los ciudadanos miran al firmamento y levantan los hombros; la propia tormenta arreglará el desaguisado. El cielo, oscuro por la nubosidad, no termina de desplomarse, pero presagia la llegada de las lluvias torrenciales. Algunos habitantes ruegan que sea lo suficientemente fuerte para cortar aquel fuego provocado. Otros piden que llegue el apocalipsis, la hecatombe definitiva que borrase aquel pueblo de la faz de la tierra y les libre de las garras de la ciudad que les absorbía el alma.

Y es que la comunidad de Goma se puede catalogar como el infierno en la tierra en las últimas décadas. La localidad se sitúa en la región de Kivu del Norte, en la República Democrática del Congo y es fronteriza con Ruanda (el centro se encuentra apenas a un kilómetro de la frontera).

Ngongo lo sabe. Siempre quiso huir de aquella urbe, pues, pese a que nunca le falta trabajo ya que es dueño de un *chududuk*[2], apenas consigue ganar un jornal lo suficiente para sobrevivir.

Nació en el mismo año de la última gran erupción del Nyiragongo, un enorme volcán de más de tres mil metros de altura que, durante las noches más violentas, envuelve a las nubes con un color arrebolado debido al lago de lava de su cono.

Pero en esta noche, la incipiente tormenta le distrae del volcán. Desde la ventana de su choza de adobe, mira a la calle embarrada, repleta de charcos fangosos, intentando respirar el frescor que trae el diluvio. Aquel frescor que limpia la atmósfera en la asfixiante época de lluvias. Mientras el cielo se recarga, y con el fondo del bosque ardiendo, deja volar su imaginación.

Se visualiza en la fabulosa Europa, en Bélgica o Francia. En donde el idioma no es un problema, y en donde las paredes le protegen de la intemperie. Donde las carreteras no son fango, ni la vida depende de la caprichosa naturaleza. Aquellos árboles estimulan su cabeza soñadora. El deseo de huir de aquel lugar.

—Mi tío vive en Europa y gana mil quinientos dólares al mes en París. ¡Imagínate lo rico que seríamos con esa cantidad! —le suele decir su compañero de trabajo Magame.

Este último siempre sueña con Europa, con las historias que le cuenta su tío desde París. El padre de Magame posee un teléfono y cada mes, lo recarga con algunos francos congoleños para poder hablar con su hermano.

---

2 *Bicicleta sin pedales con ruedas de madera utilizada como transporte de mercancías y personas en el interior de la República Democrática del Congo (R.D.C.).*

Ngongo no es el único que observa despreocupado el incendio desde su ventana. Varias personas asoman por sus rústicos ventanales mientras conversan entre ellos. A los mayores les gusta recordar la gran gesta de los ruandeses, de cómo Mobutu fue derrocado por el gobierno del actual presidente ruandés, al descubrirse que apoyó el genocidio de los tutsis. De los campos de refugiados hutus y de cómo estos sembraron el caos en los terrenos grisáceos y tóxicos alrededor del volcán.

Sonríe cada vez que captura un atisbo de conversación. Se pregunta cómo pudieron sobrevivir aquellos refugiados durante meses en esos terrenos estériles, repletos de humos y nieblas dañinos para la salud. Cuando sale de la ciudad y camina por esas superficies grisáceas y secas, los pies descalzos le queman y sus pulmones se contraen, exigiéndole toser. Tierras jóvenes, pues la superficie dónde caminaron aquellos refugiados desapareció gracias a las grandes lenguas de lava que desprendió el Nyiragongo. Las plantas de sus pies ya no los temen, pues llenos de callos y ampollas cicatrizadas, son asfalto para ellos.

Aquella superficie no es lo que más teme, sino las guerrillas. No le importa el dolor en sus pulmones, ni pisar el caluroso fuego. Cada vez que sale de la ciudad, siente pavor de ser capturado por alguna de las múltiples milicias y ser obligado a trabajar en las minas de Coltán del interior. Tantos conflictos, tantas veces que su ciudad ha sido atacada y arrasada por milicias que ya pierde la cuenta. Tantos incendios provocados por el hombre que incluso le atrapa aquellas llamas de la naturaleza. Los rayos que cabalgan por el cielo no los teme, ni cuando se desmontan en el suelo con un rugido leonino.

La primera vez que sintió miedo de vivir en Goma fue a finales del 2012, cuando el Movimiento 23 de Marzo entró en la ciudad y, durante varios días, las casas ardieron, las balas buscaban un dueño para alojarse y las mujeres fueron violadas. Su hermano pequeño fue fruto de una de estas vejaciones. Su madre nunca lo reconocerá, sobrevivió, qué al final es lo que importa.

Aún sueña en una Goma libre, lejos de los rebeldes, lejos de la violencia. Solamente el lago Kivu, dividido entre Ruanda y la R.D.C., que ofrece paz y provee de pescado a sus habitantes. Sus aguas calmas refrescan a sus ciudadanos, asfixiados por el calor del ecuador, de la selva, del volcán y la violencia. Un lago que limpia sus pies manchados de barro y polvo de las calles. Pero el único remanso de paz es una trampa; bajo aquellas aguas, millones de metros cúbicos de metano descansan.

Sus ojos se clavan en el fuego, pero su mirada está más allá. Se sitúa en su debate interno de permanecer en la ciudad y rezar que, por una vez por todas, los señores de la guerra que dominan media R.D.C. sean derrocados por una maldita vez por el gobierno, pues Goma es su ciudad natal, donde se crió. Un lugar maravilloso, de fruta fresca y pescado sabroso, de colores vivos y lleno de alegría, aplastado por décadas de violencia. ¿Quizás la madre naturaleza supo del agujero negro de dolor que se iba a transformar aquel lugar y quiso aportar su grano de arena en forma de volcán? ¿O quizás la propia madre naturaleza decide dónde supurará el mal? ¿Quizás sea un castigo de ella por algo que cometieron sus ancestros? Son preguntas que le empujan a la opción de abandonar Goma para siempre, de intentar buscar asilo en Ruanda o en Kinshasha y, desde allí, saltar a Europa.

La lluvia aparece sin apenas avisar. Un trueno estremece los oídos de los congoleses; tres o cuatro goterones y, de repente, un océano se desploma del cielo. Tal es la intensidad del incendio que, cuando este, empezaba a sentirse vivo y disfrutaba saltando entre árbol y árbol se asfixió, convirtiéndose en hileras de humo blanco de extinto fuego.

El tiempo de sus pensamientos internos cesa. Es hora de atrancar las puertas y ventanas y preparar baldes de agua para recolectar lo máximo posible.

La lluvia es otro de los males de una Goma destartalada y abandonada a su suerte. Sin una correcta infraestructura, los diluvios de la selva pueden ser tan dañinos como el propio Nyiragongo.

Al amanecer, Goma analizará los desperfectos e intentará arreglarlos antes de la inminente próxima catástrofe.

Ngongo, en cambio, saldrá a aprenderse la enésima modificación de los caminos por culpa de la lluvia y seguirá debatiéndose entre su amada ciudad o abandonarla a su suerte.

Un encuentro de fuego

El lugar que fue el refugio para el deleite de este encuentro, también fue cómplice para los suspiros y la maravilla de lo ilusorio.

Las plantas de aquel lugar reflejaban el mismo crecimiento de esperanza que me daba verte, era navegar en un barco, con el sentir del disfrute constante y anheloso por seguir en este sentir de alta mar.

El libro que encontré en tus palabras hacían quererte más seguido, y las risas que emitías son los puntos suspensivos que hacían que fueran puntos infinitos...

Amaba la forma en cómo jugabas con la vida misma del presente y las navegaciones de tus imaginaciones. Es allí donde decidí poner todos mis audios en activo, y no matarlos con mis conexiones de pensares. Decidí esto, porque dentro de tus respiros encontraba una sinfonía de fantasías que me hacían volar en el presente. Aquella tarde que te vi entre la luz de la luna y la luz de los faros rompí el miedo para caminar a tu lado... no sabía si era un episodio de sueño o era un sueño dentro de otro. Mis pasos caminaban junto a los tuyos, y hacían que la meta de la vida fuera vivir como si fuera la última metamorfosis de esos sentires, sin saber cuál sería el fin de ese andar. Pero desde que pude verte en mis sentires, llegué a la meta sabiendo y sintiendo que no era la meta.

El fuego de la confusión

Me encontraba recibiendo la nieve, en aquellas calles viejas y con estilo vintage.

Caminando sobre la nieve, mi ser estaba ardiente de fuego, fuego de melancolía, de angustia y desesperación.

Cada paso que daba sentía como el fuego atravesaba la suela de mis botas, cada paso era fuego que derretía la nieve.

Mi pensamiento era ardiente, cuestionaba y discrepaba, la confusión me quemaba.

Lloraba internamente para apagar ese incendio,
todos mis intentos
fueron actos fallidos.

Como el fósforo que intente prender, pero que nunca sirvió.

Puta confusión, tiempo de respirar.

Cocktail de silencios

El fuego de la indecisión,
Se asusta el ser
entra en el subway de lo escéptico…
la atmósfera es iracunda.
Hay fuegos que solo se apagan con silencios.

El fuego del querer

Hay fogatas dentro del alma,
Que son susurros de energía,
Que revitalizan el día, el momento, el tiempo, el instante…
Para avivar los ritmos del cuerpo,
Para conectar el cuerpo con la tierra,
Nos ayudan a quemar memorias de nuestro Big Bang, que ya no sirven.
Para quemar pensares elocausticos,
Y reactivarse.
Las fogatas del alma es cuando cambio lo que estoy pensando, por lo que quiero pensar.

Cenizas inevitables

Y dolió saber que debía quemarte de mis recuerdos para que dejaras de doler.

La enfermedad de que morirías en mí,
silbaba todo el tiempo.
Me atormentaba,
las lágrimas no apagaban esa llamarada.

La culpa de que debía eliminarte de mi psique susurraba frecuentemente.

Y estaba lista para extinguirte de mis recuerdos,

Aun así, las cenizas de esta muerte se difuminaron como arena entre mis manos, y una que otra ceniza seguía girando con el aire en mis pensares, pero dejaste de doler.

Comprobaciones (año 6.666)

—¡Marianoooo, pásame la de cava! —gritó Prix.

—No puedo, chica. L'stoy aguandando el gintónic a Esperanza —la contestación llegó desde el otro lado del impulsor.

—¿Y dónde está Espe?

—No quieras saberlo, ji, ji, ji...

—¿Haciendo las pruebas? Llegamos tarde al guateque de Nochevieja.

—No xactamente. Es otro tipo de pruebas. Ves pa la fiesta que ahora te pillamos. El cava está en la caja de herramientas.

—Esa grieta en el contenedor… ¿No es muy fea?

—¡Anda, tira!

Apenas entró en el pasillo, tratando de aclarar su visión abrumada por el alcohol, la recién titulada "Técnica en Pruebas de Estrés" y recién asignada al flamante crucero espacial "Carnaval" empezó a escuchar ruidos poco habituales. Los atribuyó a la fiesta salvaje de despedida del año que se estaba desarrollando en la cubierta principal. Se encogió de hombros y continuó andando.

Con el cava en la mano y un poco de lado a lado, trataba de bajar la cremallera del mono de trabajo. Cuando consiguió deshacerse de la primera manga dejó al descubierto un precioso vestido negro ribeteado de lentejuelas. El contraste con el pantalón beige y las botas magnéticas era curiosamente sensual. Al trastabillar, un zapato de tacón cayó desde el macuto de herramientas colgado en su cintura.

—Espero que Mariano y Espe acaben las puñeteras pruebas...

Ni siquiera le dio tiempo a recoger el zapato. Prix no vio llegar la deflagración que le alcanzó desde la sala del impulsor de masa y que continuó quemándolo todo hasta llegar a la cubierta principal. Aquella maldita grieta del contenedor de flujo no solo era fea si no que redujo al "Carnaval", con todos sus celebrantes, a minúsculos fragmentos, fuegos fatuos que iniciaron una luminosa pauta de dispersión. Privado de oxígeno, el resplandor murió pronto, mientras las cenizas se diseminaban hacia la oscuridad del espacio...

Al que con fuego juega, el fuego quema

Sabe, si alguna vez tus labios rojos
quema invisible atmósfera abrasada,
que el alma que hablar puede con los ojos
también puede besar con la mirada.
Gustavo Adolfo Bécquer

Algo de forma intrínseca me hacía temerles, pero era tentadora la idea de acercarme.

Nací entre los dedos de una mujer. Fue como una chispa. Desde ese momento no podía dejar de mirarla. Era tan hermosa. Ardía en deseos de besarla, pero temía que si la tocaba huyera de mí, era pronto, acababa de conocerme. ¡Era tan tímida! No osaba abordarla, me contentaba con observarla y bailar a su lado. Sin embargo, ella se atrevía a provocarme. Me miraba con ojos lascivos. Su cara se volvía escarlata cuando intentaba alcanzarla. Entonces se alejaba. Me daba una de cal y una de arena.

Comenzó a bailar para mí. Lentamente hizo caer un tirante de su camisola. Me volví loco de pasión. Me notaba cada vez más caliente. Ella levantó sus párpados, me guiñó el ojo y chasqueó tres veces la lengua en señal de "no, no, no" reforzando su postura con el dedo índice. Mmmmmm cómo no ceder a mis ganas de poseerla. Si seguía excitándome, pronto perdería el control… no, eso no podía suceder, algo me decía que no era buena idea. Entonces me entró la flojera y me vine abajo. Sorbió vino de su copa y sus labios se volvieron jugosos. Me miró. Me encogí. Me azuzó. Avivó mi llama. Enloquecí.

Dejó caer sensualmente su negligé. Enfurecí de celos al ver la seda pararse en sus pezones erectos. Me mostró su desnudez acariciándose pausadamente hasta llegar al pubis. No pude contener mis ganas de amarla y cedí ante la lujuria.

Nada más tocarla gimió, la abracé, alaridó y entre mis brazos se tornó cenizas mi amada. Ahora vago solitario quemando, iracundo, a mi paso todo lo que encuentro.

Sabe, amada mía, que aquel que juega con fuego destinado está a quemarse.

Cenizas

Es falso que renazcamos
entre las cenizas.
Las cenizas esparcidas por el viento
viajan a sitios y vuelven,
pequeñas semillas de amapolas
crecen en campos una vez desiertos
por la constante herida
que insiste en erosionar
los bosques que nos habitaron.

La musa

Como cada mañana me observo frente al espejo. A pesar de mi juventud, la visión que se refleja en él es fría y áspera, necesito ir a verla. Las hojas de octubre ya reposan sobre el suelo y aletargada, al fondo, aguarda la puerta del cementerio.

Tras un rato alcanzo a mi musa: Elleane de la Croisse. ¡Qué imagen más bella! ¿Qué solían pensar tus pretendientes? He leído tantas veces tus versos. Cuántas veces debieron anhelar juntar sus labios con los tuyos… Te he traído un regalo, un obsequio: mi guitarra. A Orfeo le resultó. ¿Por qué no me debería funcionar a mí? Plutón ante las notas y el sentir de Orfeo, se conmocionó y le dio aquello que tanto ansiaba: a su amada. Hoy interpretaré este lamento que he escrito, para que puedas caminar por el mundo una última vez:

"Dejaré una luz al amparo de la noche para que encuentres mi casa

Dejaré un lugar para ti en mi cama para que reposemos los dos.

Mi vida está vacía sin ti: no te he conocido nunca, pero te deseo cada noche.

Plutón permítele ser ahora. El mañana no me importa, solo el hoy."

Antes de marcharme del lugar, dejo los versos sobre su lápida.

Finalmente, ha llegado la tan esperada noche y, tal como prometí en el escrito, he dejado una vela encendida junto a la ventana.

A lo lejos puedo observar como los demás duermen. Descansan en sus camas junto a sus seres queridos amparándose en la luz del día, de sus felices vidas. Pero yo no. Deseo acariciar esos cabellos rizados y oír de sus labios esos versos que me transportan a diario a un sueño.

Son las tres de la mañana. Ella debería estar aquí conmigo. Qué desilusión, pensé que funcionaría... ¡Espera!, oigo un ruido. Algo muy tenue y apagado. Busco por todos los lugares de la casa para ver el origen. No hay respuesta, pero el ruido es incesante. ¿Estaré volviéndome loco? El murmullo de repente se hace entendible:

—¿Querido no me ves? Estoy aquí.

—¿Aquí? ¿Dónde? No consigo verte amada mía.

—Observa en el espejo y seré toda para ti —me coloco frente al espejo, pero no percibo nada. La penumbra total.

—¿ Dónde estás? —trato de concentrarme.

—Quizás no has mirado lo suficientemente bien. Coge unas tijeras mi amor.

—¿Tijeras? ¿Para qué? —me extraña mucho su demanda. Pero el amor que siento por ella es más fuerte.

—Para verme... Anda, cógelas.

Mi mano entonces, como poseída por alguna fuerza invisible, agarra las tijeras y las coloca junto a mi oído.

—¿Qué estás haciendo mi amor, mi musa?

—Estar juntos para siempre querido mío.

Aquello que antes se había hecho patente, ahora actúa con mayor violencia, jala mi mano y procede a hurgar con el afilado extremo de la tijera mi oreja; la sangre sale a borbotones. Empiezo a perder la consciencia, pero la mano sigue haciendo su trabajo de forma incesante.

Caigo al suelo y todo comienza a cobrar un tono rojizo y oscuro. Una forma alargada y oscura emerge de mi oreja, me da un beso en la frente y se aleja en las profundidades del abismo que ahora es mi piso.

Tanqueta

—¡Puenteeeee!

No me lo podía creer. De entre todas las cosas que nos podíamos encontrar, un puñetero puente. Nos estaban friendo a tiros en medio del bosque y no había manera de saber desde donde. Si al menos los tuviéramos localizados... ¡pepinazo y a la mierda! Para eso llevamos tanques a la guerra, ¿no?

—¡No pares, Ramírez! —gritó el comandante López al conductor—. Hay unos capullos por detrás con un bazooka... ¡Robledo, gira la torreta hacia atrás! ¡A ver si puedes meterles un viaje!

Ramírez pisó a fondo. Tendríamos que pasar el puente a toda pastilla para no quedar al descubierto más tiempo del necesario. Además, seguro que era un manojo de maderos, como todos los que habíamos encontrado hasta ahora. Y con lo fría que está el agua en esta época del año, si nos íbamos al río lo de menos serían las balas: la pulmonía no nos la quitaba ni Dios.

No pude girar la torreta. El camino estrecho y el tupido bosque provocó el enganchón del cañón. No se rompió, pero la mira con la que apuntaba se había quedado detrás, colgando de un alcornoque.

—La cagamos, López. Estamos sin visor —le dije.

—Pues sacas la cabeza y disparas —me contestó.

—¡Sácala tú, si tienes huevos!!!

—¡En el puenteeeEeEeEe!!! —cantó Ramírez.

—¡¡¡¡BOUUUUUMMMMMMM!!!!

He conseguido salir del tanque. No tengo la más mínima idea de donde están ni López ni Ramírez, pero hay sangre por todas partes. El agua está fría, muy fría. No me pienso presentar de artillero voluntario nunca más en mi vida.

¡Palabra!

Ensueño

Llega esta noche en avión militar y le espera el sargento Tim, con un cochazo grande, color perla cerámica, y un gran escudo pintado indicando la marca, un Lincoln Aviator. Paul Newman, general de tres estrellas de 58 años, veterano de guerra, es un soldado hastiado de sangre. De la muerte sin sacrificio, de la muerte de juguete. Ha construido una gran humanidad desde la niebla de guerra, lee las cartas mediadas entre el que sería presidente Lincoln y la AIT, con la que intercambia ideas utópicas. El abogado presidente tenía ideas utópicas muy firmes que atraían a las clases obreras y a los esclavos negros.

Habían convenido para el día anterior que Paul iría a cenar a casa de Liza Minnelli y Tim Robbins, a la que llegó en un cochecito europeo que apenas provee la sensación de moverse más allá de la ciudad, un Citroën Ami, feo pero eléctrico. Fue agasajado como se hace con el jefe cuando viene a casa y hay que impresionarle favorablemente. Se entretuvieron toda la noche porque el avión que había de coger Paul salía a las tres de la madrugada, con destino a Bruselas, la sede de la OTAN. Una de esas reuniones de alto nivel super secretas de ida y vuelta, a las que todos asisten desganadamente. La velada sucedió a pesar de las calles oscuras, no vimos gran cosa. Quizá objetos grises que parecían paredes sobre las que se proyectaba la luz emergente de las ventanas, amarillo brumoso, escasas. Todo muy habitual, como un barrio residencial en el que el tiempo se mide en la larga toma de una fotografía nocturna, con lazos de luz de los coches fantasmales, cordones sólidos tendidos por los destellos. Moles inmóviles indistintas.

Después de recogerle, le lleva de vuelta al aparcamiento donde Tim, para que Paul recoja su Citroën Ami, que ha estado cargando durante el día para poder volver a casa. Pasamos la noche con la misma tranquilidad que tampoco se alteró con la presencia del general el día anterior. Quizá un cono abre las sombras sobre el asfalto, por los cruces. Y alguna luz desvalida en las esquinas zurce la nada dado que nada existe sino la mirada. Negra, gris, indefinida.

Es por la mañana y Liza se insinúa a Tim mientras tiende la ropa, juguetona. Y es entonces al elevarnos una cota cuando vemos que se trata de un parque de caravanas. Le agarra la pechera del albornoz y le sopla la cara. Observemos un poco a Liza, que trabaja en una gasolinera mientras estudia una carrera artística, porque tiene talento para ello y algunos talentos más. Liza es una mujer rica.

Tim la rechaza somnoliento, amable, ¿quizá luego, querida? Y Liza deja lo que está haciendo mientras acompaña a Tim hasta medio camino de las duchas. Se separa yendo a la de mujeres. Liza se remoja en la ducha que hay fuera, delante de la piscina, por lo que la bata se le entreabre por el peso de la humedad, mostrando su piel morena y unos senos pequeños, firmes, duros los pezones sin reservas. Un vientre plano por el que todo el mundo pasearía su mano, llamando a la lascivia que flota por la mañana. Se está dejando acariciar por la lluvia personalizada, sinuosa, sintiendo el placer puro del contacto húmedo, estimulada.

De lejos, Christopher Walken ha estado observándolo todo. Como un cazador avezado siente que le ha surgido una oportunidad. La detiene entre las caravanas y se insinúa. Liza se ríe de él, se ríe del intento de manera grosera, inocente, ignorante de que pueda estar despertando la ira de Chris, en tanto que este contiene a la bestia interior. Apenas dominada, le bulle aciaga. Le lanza una bofetada infausta que les roza levemente. Liza ya no le da más importancia. Vemos como Tim vuelve, viste su uniforme y marcha. Queda una calma fornida, sin circulación, sin nadie, un bloque de aire. Todos, en una especie de torbellino matinal, han ido partiendo y el último demorado, Kevin Costner, también ha conseguido irse con su prisa espesa. Robert Duvall es apenas una persona, viviendo en una ebriedad conspicua. Vigilando la puerta del parque únicamente cuando abre los ojos por algún ruido pasajero. Ausculta la grava, duerme sin alarma, suelta algún eructo agrio, le baila la silla al removerse, ve en sombras los que marchan, acaso por el brillo de los cromados.

Chris vuelve donde Liza, ahora la tiene atrapada entre él y la caravana y las ausencias. Se mantiene sin mostrarse. Liza tiene el turno de tarde y aprovecha la mañana para cocinar, de otra forma se aburriría, muchas mañanas pintando o escribiendo sin ganas. Tiene al fuego un cocido y un libro de recetas abierto. Ha llevado el hornillo fuera de la caja vivienda. Con este buen tiempo, no lleva apenas ropa y se está divinamente al sol dorando la piel. El paraíso de las caravanas empieza a cantar la canción que sanciona la belleza. Porque está limpia y libre. Liza tiene la consciencia de que tiene y tendrá lo que precisa para ser feliz, se encuentre donde se encuentre. Tim no, Tim aparenta lo que no es, sargento sin méritos, enganchado por un compromiso con el juez, a elegir entre soldadesca o cárcel, por un robo menor. No llega a ver el día de abandonar el camping ni la milicia. Desea una vida en la que levantarse sobre esta incertidumbre. Pero ni siquiera puede tener la seguridad de necesitar tan solo un Citroën Ami para pasar de las apariencias. Así como ve a Paul Newman, el que tiene lo que Tim no puede ni suponer. Pero del que sabe que maneja un presupuesto tan grande por el que cobrará lo justo para escapar a cualquier tentación de corrupción. No reconoce formalmente la envidia, naveguemos por ella, le atenaza la serpiente por el vientre, a la que siente constriñéndole.

Paul vive solo, no tiene una mujer como Liza que arrebate con su presencia y que además sea una encantadora conversadora y hábil coqueta. Así que Paul abandonaría, si supiera hacer otra cosa, todo su mundo de responsabilidades, de tentaciones caribeñas no extraditables, de altas personas enanas y seriamente encorbatadas, de hábitos presuntuosos. Dejar de ser de esas que se creen dueñas del mundo. No de ese mundo en el que viven los pequeños diablos, en cuyo valor entra el costo de matarlos a voluntad. Dejar de ser los que manejan estadísticas que no valen una mierda frente a un amor tentador de esas personas como Liza cuando cruzan su mirada despierta. Sin saber de aquellos que se levantan contentos porque cenaron anoche y hoy, a lo largo del día, la rutina les marcará la vida que puedan tener sin sufrir por aquello que no puedan alcanzar. Quizá tendrán una frase bonita o un obsequio irrelevante para sus conocidos, contentos por un hola o un adiós con abrazo. Quizá tengan sueños risueños y simples y resilientes. Para aliviarse, Paul lee cartas utópicas de personas que han muerto por las ideas que tenían, por la divina fuerza de la envidia y la imposición por la fuerza de cualquier cambio negociable. Paul no manda sobre nada teniendo todo el poder, sin Liza, Tim tiene el poder ser feliz haciendo caso a Liza. Liza practica la felicidad, a su modo, rechazando ataduras invisibles. Y Chris desea todo eso porque, sintiéndose excluido, establece que todo ello es un trofeo que puede arrebatar. Chris está tan cerca de conseguirlo como los encorbatados contertulios que tampoco pueden comprar el contenido de las vidas sobre las que mandan, que no siempre resultan lo suficiente borregos.

Y Chris quiere mandar, quiere poseer y Liza se ha cruzado en su camino cuando lo decide, en tanto que la mujer está bailando la música de la mañana y Chris la amenaza, la acorrala. Liza apenas tiene tiempo de reaccionar, agarra la olla ardiente con las dos manos, quemándose atrozmente con las asas, le lanza su candente amparo. El resultado es como una pintura desmigándole, el rostro de Chris aparece descarnado, de piel escaldada y roja, mientras salmodia el alarido que ha buscado, desgarrado y quebrado, urgentes repeticiones. Todo ha sido tan rápido que han sucedido muchas cosas que no hemos notado. La mesa de camping, que ha quedado detrás de Liza, ha volcado. Mientras miramos la lacerante quema de Chris, el hornillo encendido ha desplomado sobre el suelo de plástico. Mientras Chris se cubre con las manos las enormes heridas de la sopa, el suelo inflamable quiere arder entero y resulta un fulminante fuego que prende todo con propagación prácticamente instantánea.

Ya no da tiempo de dar un paso fuera del fuego, les rodea. Porque no ve, Chris enloquecido, se pierde entre las llamas, se pierden sus gritos. Liza, porque aún sufre el espanto de la agresión y empieza a constatar que está embolsada también, ha quedado atrapada en tentáculos de cristal ígneos. Liza procura arder sin dolor, sin causa, sin rabia, sin odio.

¿Robert Duvall? ¿Dónde está Robert? Ha salido corriendo aun cuando no sabe correr ni cuenta que usa las piernas por primera vez sin ir al bar. Es probable que no sepa tampoco dónde está el fuego, dónde está el mundo y se ofusque entre las llamas. Por supuesto, queda por saber qué cambiará esto en el mundo, ese grande o este pequeño, que cierra un círculo con el gran Pórtico Del Poder. El fuego es el bautizo de un gran cambio que recibimos como el eco. El Eco dice: anda, Tim, corre como si fueras viento. ¿Quieres decir que te queda la mitad de una vida? ¿La que no ha quemado? No se sabe. El Eco le reitera a Tim que escriba en un papel lo que ha sido malo, lo que piensa que ha hecho mal, todo el veneno. El Eco dice, haz en el papel algo parecido a una casa vivida, una mesa vieja, un barco viejo, una puerta vieja, un andamio abandonado. Y quémalo. El papel arderá a 451°F. No es mucho calor, pero no dejará rastro de tu escrito, ¡tantas cosas son solo humo! El Eco repite: cierra los ojos y vuela como un farolillo chino. El Eco no se para en la última sílaba, sino que jalea el cántico entero.

Soles

Leyenda Wixarika

Sol naciente
hijo del hombre
que cada día insistes
en mostrarnos el camino.
Nace, sol
fuego inhóspito
empeño de la vida
ante la oscuridad,
dicta, una vez más
mi destino
que retiemble esa agonía
que pesa
entre mis párpados.

Desbocada

Un caballo desbocado llegó al establo, levantó sus patas delanteras, relinchó y bajó la cabeza. El mozo de cuadra lo identificó enseguida: era el de Sonia. La mujer de curvas bien definidas.

Pero... ¿qué había pasado?

El mozo amarró el caballo desbocado y salió en busca de la chica. Deseaba ser un gran héroe y salvarla. Si ella se fijaba en él, quizá su fortuna cambiaría. Llegó a la arboleda de donde surgían los gemidos. Guiado por los sonidos, llegó a un árbol donde la encontró disfrutando con dos hombres.

Era miércoles y Sonia disfrutaba igual que si fuera viernes. Como cuando el fin de semana está a la vuelta de la esquina y promete un merecido descanso. Y es que era puta de lunes a viernes, de nueve a tres. No por obligación, sino por placer. Lo que más le gustaba era follar locamente con desconocidos y alcanzar las estrellas con un orgasmo tras otro.

¿Y él?

Ni corto ni perezoso, agarró un pedrusco y noqueó a los extraños. Desató a la chica quien se abalanzó a sus brazos gritando:

—Más, más... más. No me dejes a medias. Muéstrame tu polla tiesa y acaba el trabajo.

La colada de Orlando

Cuando el chico entregó esa tarde su trabajo de química, nadie podía sospechar que en pocos años acabaría convirtiéndose en el mayor genocida de la historia de la humanidad.

Orlando Badal Bloom, también conocido como "el Empanao", también conocido como "Pringoso", también conocido como "Badaboom", tenía un talento natural para la ciencia, amén de un cierto gusto por la desmesura. Estaba dotado de la curiosa habilidad de extralimitarse en todo aquello que ponía en práctica.

Al entrar en clase con aquel enorme volcán de cartón piedra sus compañeros ya sabían que iba a pasar algo. No así el profe quien, impresionado por el nivel de formulación del trabajo escrito que Orlando le había presentado con la maqueta, decidió poner él mismo en práctica la mezcla sugerida.

La colada que salía por varias bocas asimétricas y bajaba hacia las estribaciones era de una belleza sin par, de un rojo ígneo cautivador. El maestro, totalmente hipnotizado, no vio venir la segunda oleada de falsa lava, mucho más violenta que la primera. A modo de tremendo flujo piroclástico, sepultó al docente y le produjo irreversibles lesiones pulmonares que le obligaron a pasar el resto de su vida ligado a una bombona de oxígeno. Las emanaciones fueron tan tóxicas que la práctica totalidad de compañeros de curso sufrió jaquecas crónicas, inflamación articular y presbicia. Ninguno de ellos tuvo descendencia.

El altercado fue calificado como "accidente". Eso sí, el colegio no estaba dispuesto a padecer otro, razón por la cual Orlando tuvo que terminar sus estudios en otro centro, con la perentoria recomendación de mantenerle alejado del laboratorio.

Ya en la universidad sus habilidades llamaron la atención de una conocida compañía farmacéutica. Aquellos años distanciado de sus amados microscopios y matraces le dotaron de moderación y le convirtieron en un bioquímico teórico brillante. Lamentablemente no le llevó demasiado tiempo volver a desmadrarse. Antes de un año había sido despedido. Varios millones en pérdidas por investigaciones fallidas y los costosísimos tratamientos a los que tuvieron que ser sometidos algunos de sus compañeros de trabajo fueron la causa.

Pero ya era demasiado tarde. Armado de su talento, su experiencia, la carta de recomendación de un ejecutivo imbécil y un bonito currículum de colores verde pistacho y negro, Orlando decidió pedir trabajo al Estado. ¿Qué lugar mejor que el Departamento Científico de las Fuerzas Armadas para desarrollar todas sus cualidades?

El éxito fue inmediato. Su capacidad destructora alcanzó niveles insospechados. Las condecoraciones y los ascensos no tardaron en llegar. Su vertiginoso acceso a la cúpula militar prendió la mecha del mayor desastre acaecido en la Tierra desde la desaparición de los dinosaurios.

Lo que tendría que haber sido una simple operación de pacificación por parte de Naciones Unidas hizo desaparecer la población de Oriente Medio, de Karachi a Estambul, en apenas mes y medio. El virus, que alguien tuvo la brillante idea de bautizar como "la colada", saltó a África desde Yibuti y, un poco debilitado en aquel momento, se demoró medio año para llegar a Gabón. El Atlántico no iba a ser obstáculo para la creación de Orlando; había sido diseñado para adaptarse y tardó poquito en contagiar a todo tipo de mamíferos marinos que facilitaran su difusión. Cuatro años más tarde arribó e infestó las costas de Nueva Zelanda, el último reducto. En un lustro apenas doscientos cincuenta mil humanos trataban de sobrevivir en el planeta, los poquitos que tuvieron la suerte de poseer defensas de modo innato.

Orlando era uno de ellos.

El muy cabrón.

La enfermedad del viajante
(Una aburrida historia en Bizkaia)

Durante varios días, siento un ardor que me ataca al pecho. Me aflige de nuevo aquella nostalgia, aquel deseo. Una enfermedad que pensé que había superado. Una dolencia que, a puertas del final de la pandemia, vuelve a sacudirme.

En invierno, cuando sopla viento sur en Bilbao, el clima se vuelve templado, de inicio de primavera. Desde la terraza de mi casa veo pasar las nubes estratiformes, café en mano.

Es navidad, época de reencuentros, de grandes tripadas y luces por la ciudad. Un intento de expulsar, de forma artificial, la tristeza de los días cortos. En enero y febrero se paga la factura con melancolía y frío.

La tarde empieza a morir para dar paso a la noche. Enfrente de mí, una de las calles vacías de Lemoa. Durante la pandemia de Coronavirus del 2020, un familiar siempre decía que en el pueblo no era necesario llevar mascarilla, sobre todo en la época fría. «Aquí, en invierno, puedes salir desnudo por la calle y nadie se daría cuenta».

La ciudad es silenciosa, opuesta al bullicio del centro de Bilbao o de Barcelona. Con sus apenas 4.000 habitantes y una cementera como icono más destacado hecho por el ser humano, la vida fluye como las nubes que surcan el cielo. Una vida tranquila, reflexiva y sin distracciones. Lejos de grandes luces y tumultos.

El tren tarda apenas veinticinco minutos hasta la parada de *Zazpi Kaleak*[3] en el casco antiguo de Bilbao. Desde hacía medio año que no piso las calles del *Botxo*[4]. Camino sin rumbo, mientras el atardecer cae sobre ella. Recorro el casco antiguo y me aproximo a la ribera de la ría del Nervión, otrora recubierta de muelles, silo de almacenes y grúas de carga.

Los pies son guiados por el cerebro, el cual trabaja en varias capas, no solamente la consciente, sino también inconsciente. Pensamos que nos gobernamos a nosotros mismos, que los pensamientos primarios son lo que dictan nuestras decisiones; nos olvidamos de las capas ocultas. Lo soterrado influye más de lo que podemos suponer, y por ello, acabo en un banco en el paseo de Uribarri.

Una mujer de origen sudamericano pasea un carrito de niño. Dos mujeres con trenzas, entrenan. El tranvía pasa tras mi espalda, en silencio, sobre los raíles en el césped. En mi reproductor de música suena música bosnia y mis ojos se pierden en una embarcación de recreo que viaja hacia la mar. Se levanta una brisa cálida, con olor a salitre; el preludio a la bajada de temperatura nocturna.

---

3 *Llamado así en Euskera el casco antiguo de Bilbao, en relación a las siete calles originales que la componen.*

4 *Mote que se le da a Bilbao.*

—Me gustan los días nublados y bochornosos. Esos que dudas si al final va a salir el sol o que va a llover —digo al hombre que se acaba de sentar a mi lado.

—Los bilbaínos tenemos algo con las nubes, ¿verdad? La lluvia es parte de nosotros.

Aquel hombre viste un jersey azabache entallado y de cuello alto. Tiene las piernas cruzadas y sus ojos azules se pierden en el horizonte. El brazo lo pasa por detrás del respaldo, abarcando parte de mi burbuja.

—Un bilbaíno siempre exaltará la lluvia, pese a que la odie, ¿verdad?

El sonido del tráfico se intensifica; es la hora de salir de la oficina. En el puente se forma un gran atasco. A mi izquierda, se halla el mascarón de proa del museo Guggenheim, intentando romper el mar de cemento, recordando el puerto que antes se situaba allí.

—Inicialmente el puerto estaba al lado del mercado de la Ribera —empieza a decir el espíritu—. A finales del siglo XIX, se llevó a esta zona, ahora un paseo y lugar de disfrute. Recuerdo las líneas de ferrocarril, las grúas como "La Carola" descargaban cientos de toneladas cada día. Pero la ciudad creció, la industria nos ahogaba y tuvimos que alejarla. Es curioso, cuanto más serviciales nos volvemos las ciudades, más lejos intentamos expulsar la suciedad de la industria. No queremos mancharnos las manos. Es cierto que el puerto tenía que crecer pero… en fin, ya sabes, hay que mirar hacia delante.

Un grupo de colegiales de primaria seguían a una maestra al son de una canción en euskera. Cada niño lleva una bata; rosa las niñas, azul los niños. Al final del grupo, van un par de profesores, controlando que ninguno de ellos se quedase atrás.

—Noto algo diferente en ti, perteneces aquí, pero al mismo tiempo ya no eres parte. Lo noto en ti, y me apiado de tu alma.

—¿A qué te refieres?

—Ese ardor, ese deseo. La necesidad de coger la mochila y perderte. De coger un autobús lejos, de desaparecer, de beber cerveza en un bar lejos de aquí, ver otras caras, escuchar otras lenguas, saborear otros olores, y olfatear nuevos sabores. Oh, *nire laguna*[5] sufres una de las peores enfermedades.

—Me encuentro bien. No tengo ni un problema de salud, ¿de qué me hablas? —le respondo arisco, eludiendo el tema.

—Todo empieza con una picazón, ¿verdad?, con recuerdos y estímulos pasados, de otros mundos que tus piernas pisaron. Quieres volver a sentirlos...

Vivirás —continúa encodado—. Vivirás nostálgico. Siempre que habites fuera, añorarás tu tierra. No hay corazón más frío que aquel que no tiene hogar para regresar. Pero siempre que regreses a tu tierra, sentirás un anhelo de abandonarla y conocer otros mundos. Es una enfermedad. Sufres una de las peores enfermedades; la del viajante. Pero podría ser peor: no tener un sitio para llamarlo casa. No hay corazón más frío que aquel que no tiene hogar para regresar. Necesitas salir de aquí, ¿verdad? Pero a la vez necesitas pisar estas calles. Pero ya no son tus calles, *¿ezta?*[6]

—*Ez zaitut ulertzen*[7].

---

5 Mi amigo, *en Euskera.*

6 ¿No es así?, *en Euskera.*

7 No te entiendo, *en Euskera.*

—Me entiendes, y sabes perfectamente de lo que te hablo. Pero tú yo racional sigue dándole vueltas a todo volviéndose irracional. Es curioso cuando los irracionalismos son la verdadera racionalidad. Me acuerdo de cuantos bilbaínos tuvieron que irse. Antes, el mejor antídoto para tu enfermedad era la mar, ahora han salido otros medicamentos, más seguros, menos dañinos, pero más placebos —se estira el jersey mientras se levanta. Comprueba que el cuello está bien.

—¿Y qué sugieres?

Aficionado al silencio, Bilbao deja que la pregunta se pierda en la atmósfera. Cada letra se fragmenta y crece para abarcar los más de cuarenta y un kilómetros cuadrados de su superficie.

—Me apetecen unos zuritos. ¿Te vienes?

Una ligera brisa se levanta, la bruma se empieza a acumular allá, en la costa, oculta tras las colinas. El salitre marina el ambiente, y las luces de la ribera combaten la noche que cae.

Hogar

Hay que aprender a irse. Irse siempre, con pasos firmes, agigantados. Hay que saber abandonarse cada tanto; dejar que las andanzas dicten historias sobre nuestros cuerpos, largos y únicos.

Regresar para contemplar los fragmentos de nosotros mismos que permanecen en el camino. Sentir el abrazo del arraigo. Que nunca se escape el sentimiento de volver a casa, una casa que arde. Pero casa, al fin.

Humo

Habitualmente era azul. El puñetero cielo era azul. ¿Por qué se empeñaba ahora en ponerse negro?

Llevaba horas bocarriba, con las piernas atrapadas bajo el fuselaje del avión. Probablemente habría perdido los pies, no lo sabía. Hacía un buen rato que se había acostumbrado al dolor. Como no podía evitarlo, se hizo amigo de él.

Primero se distrajo con el dibujo que le pintó el sargento Drawer. ¡Qué talento tenía, el tío! ¡Menudas pechugas le había puesto a Betty! Los pezones quedaban hábilmente disimulados por adornos florales. El comandante, ese mojigato gilipuertas, no hubiese tolerado que se viesen. Y con ese tanguita…, joder…, cada vez que montaba en el Spitfire tenía una erección. Hoy había sido una excelente compañía, la buena de Betty...

Pero ya llevaba demasiado tiempo aprisionado, perdiendo sangre. Se encontraba muy mareado y el dibujo dejó de ser un consuelo, así que se estiró y trató de mirar al cielo. Ese maravilloso lugar azul en el que disfrutaba como un loco trazando loops y piruetas imposibles.

Tarde o temprano tenía que pasar. Un jodido Messerschmitt Me262, rápido como un relámpago, le acertó de lleno. Apenas pudo controlar la barrena y al chocar contra un árbol salió despedido de la cabina. Ahora estaba tumbado e intentando volver a contemplar ese azul amado, pero se le resistía. El bombardeo aliado no cesaba y las defensas antiaéreas alemanas teñían de negro el cielo con sus oscuras nubes de muerte.

Si al menos parasen unos segundos... podría volver a ver ese azul.

—¿Hola? ¿Quién anda ahí? ¿Amigo o enemigo?

Sonó un disparo. Más dolor. Otro. Mucho más dolor…

Todo se tiñó de rojo mientras perdía la consciencia. Justo antes, en su campo de visión, apareció una sonrisa bajo un casco alemán...

Pequeños incendios contenidos

Este incendio
contenido,
al que soplo
como intentando acallar los años,
décadas cargadas en la piel
que se estira y marca
me delata, gritando:
no eres tú
son tus años de incendios
contenidos
sobre pasteles
a los que soplas
casi sin mirar.

Orgasm-canteen

Hacía tiempo que no conseguía un orgasmo, y menos de aquellas dimensiones. ¡Quería explicárselo a sus amigas!

Una tarde, harta de no disfrutar del clímax con su pareja, decidió comprarse un "Satisfyer". No estaba convencida del todo, pues leyó que era demasiado rápido y directo. Quería disfrutar de lo que su marido no le daba. Y es que los dos tenían una edad donde todo caía por naturaleza y el vigor masculino no era una excepción.

Entró en una tienda, libre de oscuridades, con un gran escaparate para verlo todo. Desde dentro y desde fuera. ¡Ojalá no pase nadie conocido!, pensó mientras, con recelo, miraba los estantes. Los objetos colocados con mucho cuidado, bien iluminados e, incluso, algunos sin envoltorio como muestra. No osaba tocar nada.

La dependienta, una chica joven y sin tapujos, se le acercó:

—¿Necesita ayuda?

—No, gracias. Solo estoy mirando.

—Cualquier cosa me avisa.

Y mientras esta regresaba al mostrador, Andrea ya se había arrepentido de responder que no necesitaba nada. ¡Y es que lo necesitaba todo! Pero... ¿cómo explicárselo? Las palabras se le tropezaban entre la cabeza y la boca: ¿por dónde empezar? Se acercó al mostrador:

—Bueno... Sí, sí necesito ayuda. Quiero un orgasmo. Ya me entiende, a mi edad cada vez cuesta más.

—¡Oh! ¡Vaya! Hay unos tubos de vidrio para ensanchar la vagina. Lo ha de usar a diario. Permítame que le muestre...

Andrea se quedó sorprendida. Esa joven creía que tenía el camino cerrado, ¡menuda barbaridad!

—No, no es un problema de estrechez —aclaró entre calores—, el tema es que mi pareja ya no tiene aguante, finaliza antes que yo, se duerme y me quedo a medias.

—¡Oh! ¡Vaya!, ¡qué lástima! Entonces deberá acabar por su cuenta.

—¡Claro! —continuó Andrea algo más relajada—, pero me canso. Es que tardo mucho.

—¡Oh! ¡Vaya! Entonces le aconsejo el "orgasmcanteen".

—¿Eso qué es?

—¡Oh! ¡Vaya! Mire, es un vibrador que lleva incorporada una cantimplora en el interior. Usted se introduce el tubito en la boca. Cuando necesite recuperar fuerzas, pulse este botón —continuó la dependienta ante la cara de asombro de Andrea—: el marrón y recibirá un sorbito. ¿Sabe? Como los ciclistas. Así no ha de detenerse para recuperar fuerzas. Normalmente se pone agua, pero con otras bebidas (incluso licores) también funciona.

—¡Oh! ¡Vaya! —respondió Andrea imitando a la vendedora.

Maneras...

La cocina estaba ocupada por un espeso humo. Parecía niebla. La freidora echaba chispas y el olor a carne quemada era insoportable. El largo y prolongado grito de dolor y espanto del damnificado había cesado unos minutos antes.

Lo mismo cada 9 de abril, mi auto-regalo de cumpleaños. Pensaba en alguien conocido y me lo cargaba antes del anochecer. Llevaba ya unos cuantos años con esta costumbre y disfrutaba cambiando el modo en función de la novela de terror que estuviese leyendo en aquel momento.

Trataba de dar pistas a mis víctimas con la intención de que tuvieran algún tipo de sensación o presagio de muerte inevitable. Eso añadiría tensión a la situación, pero las escogidas eran a menudo demasiado obtusas como para darse cuenta. Envié cartas astrales, psicofonías falsas, mensajes en botellas... llegué incluso a invitar a una de mis novias a una sesión de espiritismo con una médium, la cual le proporcionó fecha y hora exactas de su muerte. Ni la más mínima muestra de inquietud. Como me consideraba un friki gracioso se lo tomó a broma. Disfruté con sus alaridos.

Una vez provoqué una parálisis a mi víctima. La drogué y la desmenucé, poquito a poquito. Lo puse tooooodo perdido de sangre. Estuvo divertido.

Otro cumple utilicé una excavadora, pero acabó todo demasiado rápido: murió de miedo antes de aplastarla.

Esta vez decidí algo más sucio: aprovechar el restaurante de mi amigo Ferrán. Le convencí con la excusa de celebrar mi aniversario. "¿Por qué no cenamos en tu cocina?", fue mi sugerencia.

Y ahí le tienes ahora, al calorcito de su propia freidora.

—¡Clack!—

Mierda. Han saltado los plomos. Está todo oscuro. Me va a dar trabajo limpiar este desaguisado...

Las peores vacaciones

Amelia estaba de los nervios: se iba de viaje con su hija y su padre. Y la culpa era suya: no sabía decir no. Se daba cuenta tarde y no podía arrepentirse: los billetes comprados, la reserva del apartamento confirmada, y los tres en el aeropuerto. Mes de julio a tope y con retrasos. Su padre se quejaba por no poder fumar, su hija no permanecía quieta y ella en medio intentaba poner paz, imposible porque tampoco estaba tranquila. "Menudo asco de vacaciones nos espera", pensó Amelia sin saber qué hacer ni dónde mirar.

El aeropuerto era un continuo tránsito de personas arrastrando maletas. En el horizonte azul se veían aviones despegando y aterrizando. Se olían las ilusiones de los que iban o regresaban. Y ellos tres con cara de hastío esperando un avión con dos horas de retraso. Los nervios contenidos de Amelia estaban a punto de estallar. Con una excusa boba se encaminó a los servicios públicos. Al llegar, el característico olor a desinfectante le inundó la nariz, dio media vuelta y se dirigió a una cafetería cercana. El aroma del café recién molido la transportó a los desayunos tranquilos y solitarios de los domingos en su casa. Pidió un capuchino y se acomodó de espaldas al mundo, con el deseo de no ser descubierta. Al sentarse se encontró con un *New York Times* desplegado, la mesa ya estaba ocupada. No le importó, si era extranjero se haría la despistada. Se sirvió un par de cucharadas de azúcar y mientras revolvía el café, el *New York Times* bajó lentamente, como si de un telón se tratara, y le mostró el rostro amable de un individuo uniformado. Vestido de traje azul impecable y unas insignias doradas en la pechera. Un hombre de ojos claros y mirada penetrante le dijo *"Hello"*, acompañado de un ligero movimiento de aprobación. Eso lo entendió, pero sin intención de entablar conversación, saludó con un imperceptible parpadeo. ¡Qué guapo!, pensó mientras se ruborizaba.

El hombre saboreaba un chocolate. El olor del cacao junto con el del café se fusionaron en su mente y crearon una explosión de recuerdos de su última aventura amorosa, perdón, ¿amorosa o sexual? Bueno, eso ahora no importa. Su cuerpo reaccionó ante esos olores y se fue relajando mientras un calor interno ascendía por su entrepierna. Nunca se había encontrado en una situación así. Se quitó las sandalias para notar el suelo bajo sus dedos. Demasiado frío, pensó. Al mover una de sus piernas se topó con una maleta rugosa. El tacto áspero le hacía cosquillas en la planta del pie y, antes de que se le escapara la risa, decidió aventurarse hacia la derecha. Tropezó con la pata metálica de la silla de su desconocido amante. Por favor, Amelia, controla tus acciones. Pero no, no quería. Le gustaba esa aventura, decidió investigar y probar. Calmada y encendida al mismo tiempo sintió frío entre los dedos. A su gusto, en los aeropuertos la temperatura del aire acondicionado en verano era muy baja. Respiró hondo y volvió a mover el pie. Esta vez se topó con el pantalón del hombre. Se quedó paralizada y cerró los ojos. A lo lejos escuchó el lloro de un niño y, a medida que su oído se afinó, también los murmullos y las conversaciones de las mesas de alrededor. No osaba abrir los ojos. Se estremeció con el contacto y temía la reacción del desconocido. Sin embargo, el hombre uniformado acercó más la pierna. Amelia lo había visto en películas, pero nunca imaginó protagonizar una "escenita". La excitación estaba en el ambiente, y su respiración se volvió más profunda. El café, ya templado, no desprendía aroma. Ahora olía la fragancia del hombre; un efluvio especiado que la invitaba a seguir. Adivinaba el palpitar de la piel de su compañero anónimo y la fogosidad mutua en el bombeo de los corazones. Abrió los ojos, observó la sonrisa del hombre y el brillo de su mirada. No era necesario cruzar palabras: sin miedo, subió su pie por la pierna del hombre. Se fijó en la placa de la solapa donde leyó "Albert Smith", se le escapó la risa. Continuó contemplándole mientras su pie llegaba a la entrepierna. Albert sonreía a modo de respuesta. Ella, sorprendida de su osadía, se divertía con la situación. Empezó a mover los dedos del pie como si de un piano se tratara. El instrumento poco a poco adquirió firmeza; mejoró la armonía al compás de unos dedos cada vez más inquietos. Él cerró los ojos y entonó una suave melodía al ritmo del creciente entusiasmo. Por el cuerpo de ella corría un dulce cosquilleo. Él, al escuchar el movimiento de una taza, abrió los ojos y ambos cruzaron miradas mientras ella sorbía el café y se lamía con suavidad los labios. Él tomó su vaso de chocolate y justo en ese momento le llamaron por teléfono. De forma precipitada se puso de pie y volcó el contenido sobre el vestido de ella. "*Sorry*", murmuró. Después de responder a su interlocutor con un conciso "*ok*" guardó el teléfono, colocó la maleta apretada contra su vientre y echó a correr. Amelia no sabía si enfadarse o reír. Como pudo se limpió los restos del vestido y volvió con sus compañeros de viaje.

Su hija empezó a llorar porque también quería chocolate y su padre le recriminó haber ido a la cafetería sola. El regreso a su realidad familiar no auguraba unas buenas vacaciones. Con resignación abrió la maleta, escogió otro vestido y esta vez sí fue a los servicios. A los pocos minutos anunciaron el embarque del vuelo a Canarias. Con los ánimos más calmados, los tres se encaminaron al avión.

Ya en sus asientos, con el cinturón abrochado y después de atender las indicaciones de seguridad, se escuchó el mensaje de bienvenida del piloto: "Buenas tardes. Soy el capitán Albert Smith y voy a acompañarles durante el trayecto a Canarias. Les deseo un feliz vuelo". Amelia cerró los ojos y se imaginó en la cabina junto a su desconocido.

Por brasas

Y anduvo por brasas,
y se acabó quemando.
Lamentando las casas,
qué se iban disipando.
Malditos, clamó el jilguero.
Malditos todos y cada uno,
se reafirmó el mal agüero.
Aunque se vista de negro azabache,
nadie ha vestido más noble pelaje.
Retumbó la tierra, sangraron los ríos.

El gentío no había visto eso en siglos.
Pronto se comenzaron a ver ratas.
Roían los cuerpos, se metían dentro.
Entonces se vistieron de traje
y luego se dedicaron al pillaje
Malditos otra vez —espetó el viejo,
el único cuerdo entre tanto alunizaje
que con su único ojo apenas podía vislumbrar
lo que todo hijo de vecino decía escuchar.

Tierras planas, anunnakis y demás.
Al fuego con todos, dijo con pesar,
más que por cualquier malnacido,
hijo de vecino, "he dicho".
Maldito sea el hijo bastardo del hombre milenario,
que no supo que su planeta yacía muerto.
Con su cuello maltrecho y de pie
como un espantapájaros nacido ayer
Porque hoy solo llora y gime
como criatura entre los brazos de aquellos que debían mecerla.
Pero está ciego, y de su boca solo sale crudo.
Lleva ensimismado, como Narciso, demasiado tiempo.

Pólvora

He sido pólvora tantas veces ante el ojo observante. Pólvora, mecha corta, me llaman. Un cuerpo que arde, soy una provocación expectante. Me gustaría ser rumor, pero soy un alarido que viaja junto al viento a lugares inexplorados. Pero dime, ¿cómo contener el incendio que llevo dentro? ¿Cómo enclaustrar millones de pájaros que aletean cada vez más fuerte buscando la salida?

Hablar o callar para siempre

—Otra, por favor —pidió con voz pastosa.

El barman, con un movimiento de cabeza, se la negó y añadió:

—El cura está por llegar, debería volver a la iglesia.

Cuando salió al exterior recibió una bofetada de aire fresco que no pudo soportar y regresó a la taberna. Se sentó en un lugar oscuro a pensar sobre los acontecimientos de los últimos días.

Mariona le llamó para enseñarle el traje de novia. Al verla con ese precioso vestido de color crudo, recordó la primera vez que la vio: apenas tenía diez años y le resultó la criatura más dulce del mundo. Fue un domingo a la salida de misa; ella con un vestido blanco con flores bordadas y sandalias rosas. Se cruzaron unas miradas de complicidad que dieron inicio a una amistad para siempre.

Y esa mañana, con el vestido de boda, él fue consciente de que la perdía, que se casaba y no habría oportunidad de decir todo lo que callaba. La besó, siempre la amó. Ella no se resistió, aceptó el primero y jugó a buscar más entre los lóbulos de las orejas, el cuello y el pecho de Alberto. Esas miradas inocentes de la infancia se convirtieron en besos apasionados que llevaban encerrados demasiado tiempo. Crearon un volcán de pasiones arrebatadoras entre torpes abrazos y prisas.

Volvieron a verse. Esta vez lejos de la ciudad, sin urgencias ni miedos a ser descubiertos. En la habitación del hotel dieron rienda suelta a todas las pasiones contenidas durante años, reprimidas por la amistad.

Alberto la encontró vestida de negro, con el cabello recogido en un moño alto y el rostro maquillado en tonos oscuros. Un conjunto esplendoroso de contrastes negros sobre su piel blanca.

—Los perros no llevan pantalones.

Se los quitó y ante una mirada inquisidora se arrodilló. Ella observó de forma insistente y él, al sentirse examinado, se colocó a cuatro patas. Entendió de qué iba el juego, aceptó y respondió:

—Patéame.

La sumisión y las vejaciones que sufrió esa tarde le colmaron de placer. Se sintió adicto a la seductora mujer vestida de cuero, la cual le daba órdenes de lo más variopintas. Quería más.

Desde entonces no pensaba en otra cosa, no era capaz de borrar de la cabeza la idea de lo que hubiera sucedido si la hubiera besado antes de que apareciera en escena Miguel y su moto.

Disfrutaron de lo que hacía tanto tiempo estaba contenido. Como cuando su madre les llamaba para merendar: les preparaba chocolate caliente y jugaban a salpicarse con las cucharas, reían de placer y complicidad. El dolor de las leves quemaduras les unía.

"Arráncame un diente,
oríname en la cara.
Quémame la espalda,
retuérceme los pezones.

Ahógame, una y otra vez
Repite, una y otra vez.

Hazme gozar con el más allá,
hazme ver lo que ya perdí,
hazme sentir la muerte.
Así seré feliz."

El camarero le recomendó que volviera a la iglesia y salió de sus ensoñaciones. Tras la cristalera observó la entrada de la capilla. El cura había llegado.

Con paso dubitativo, se dirigió hacia la ceremonia pensando si hablaría o callaría para siempre.

El agua ondula con la boca abierta

El agua ondula sobre la arena, igual que en otras arenas, suavemente, sin dar la hora con la marea. El agua apenas se retira, aunque forma parte de la enormidad del mar, la barrera, la gran barrera. Habían franqueado decenas de fronteras y obstáculos, ríos, desfiladeros, tribus rapiñarias, patrullas de los múltiples ejércitos y milicias, zonas de guerra, tiroteos, bombardeos. Siguiendo la línea de la costa, desde Senegal hasta Mahdia, en Túnez, con planes hechos sobre un mapa Michelin de África del Norte. El que recomienda restaurantes. El mapa traza una línea de playa en el Forêt de Chebba, lugar que los mentideros de los campamentos sitúan a pocos kilómetros de Lampedusa y lugar de pateo, esa isla que promete la entrada a Europa.

Dos de los tres venían de Tambacounda, el punto que tiene la misma latitud que longitud. Aunque esta ciudad, simplemente, les engastó la amistad. Al norte del Parque Nacional de Niokolo-Koba, Tambacounda es un foco para los Serer, animistas, para los Sufís, musulmanes y los Wólof, cristianos. Jawara Youghé y Moudou Younoussa coincidieron en el campamento que hacinaba los viajeros de la N1 a la espera del destartalado autobús que lleva hasta su enlace con la N3. Y hacia Thiès, en otro carricoche ruinoso y colorido, gente montada en el techo; al menos allí se respiraba. Demba Serigne, albino, se les unió a la cena en medio de cantos rituales y rezos murmurados. Abigarrada compañía, vinculando lo suficiente con lo manejable. Cogieron otro ómnibus por la N2 hasta Saint-Louis, alcanzando Mauritania. Jawara, Moudou y Demba, tres religiones, personas destinadas a no existir porque no sabremos más que sus nombres. Desde ese lugar entraron en tierras que les resultarían insospechadamente peligrosas. Pero nosotros nos saltamos todo ese viaje que por sí solo es una vida, salvada por la suerte de haber llegado a Mahdia y poder contarlo.

En la playa tunecina esperaron a las balsas que llegaban arrastradas por motoras modernas. Subían los que tenían tres mil euros. Eso forzaba a pasar noches inagotables cerca de hoteles de cuatro estrellas, a las puertas de los puertos turísticos de Sfax, Monastir y Susa. Lugares para mendigar, buscar trabajo mal pagado, robar comida o vender baratijas sin ley. Y huir de la policía, que no está de parte.

Tras la última patera a la que tampoco habían podido subir, con las esperanzas derretidas en las noches gélidas y húmedas, encerraban un fuego con cercas de madera y palets. Un útil desarraigado que lo mismo se quema que levanta una casa. Ese encierro del fuego les ocultaba en medio del bosque de las patrullas y bandas que rebuscan la miseria para rebañar hasta el último dinar. Y allí fueron pasando meses, las estaciones. Oyendo las fiestas en los hoteles, las parejas que se paseaban a dos pasos con las carteras llenas, el alcohol prohibido destilando fuego por la boca. Se siente que el mundo padece de alexitimia, incapaz de distinguir sentimientos junto a sus cabezas, no saben tener ni quieren tener el sentir. Encerrados en los cercados de luz, que se ampara tanto de la oscuridad como de la bruma como de los seres invisibles a los que no alcanza a alumbrar tras la barrera difusa de la necedad.

Se han tumbado los tres arrullados a la fogata, que les tizna la cara con sombras, con las chispas que elevan estallidos de mínimos incendios y chiribitas de carbón, disipándose aún calientes. Los tablones en la hoguera se derrumban sobre sí mismos, han entregado su vigor con la lignina en las pavesas, una gruesa erupción lanza tizones al aire. Y un poco después, huelen. El hedor que nace de carne carbonizada, ese olor profundo de las carnes en las brasas. Observan el fuego, todo el grupo se extraña, ni siquiera han cenado, se dicen, de dónde viene este olor. Se hablan y preguntan al callado Demba, el albino, que semeja pintado. Pero Demba no contesta, está dormido profundamente y rodeado por el fuego que atiza su cuerpo. Y el albino permanece dormido, con el cuerpo sin piel, respirando tranquilo. Le arrancan de allí, le arrastran por la arena, le vuelcan por ella para apagar las astillas pegadas a su carne. Se despierta sin horror, ni un solo grito, se queja del trato. Se da cuenta, no totalmente, de su estado. Suelta alaridos espantosos porque se siente morir sin sentir el más mínimo dolor, siendo su destrozo total. Grita por el presentimiento del final, por la conjetura del tormento, por la mordida de la muerte. Allí, a las puertas de su meta, esa barrera tan bonita y tremenda que hace del mar un sumidero de vidas en su fondo, de seres que nada más quieren vivir.

Demba grita unas palabras en francés que nunca nadie había oído y no entienden ni la mitad de las palabras. Su Analgesia Congénita lo ha propiciado. El joven ha vivido con ella sobreviviendo a las heridas con la vista, por el color de la sangre en su cuerpo. Los otros recuerdan sus piernas cicelladas, sus cicatrices anchas y profundas, las recientes que han visto aparecer y las de un pasado profundo de luchas evocadas.

Nada podían hacer por él, lejos de cualquier ayuda médica. Lejos del mundo, a 40 kilómetros del hospital, mucho más lejano que el de su pueblo natal. A 139 kilómetros de la supuesta libertad, pagada con tan alto precio por tantos que lo han intentado, habiendo recorrido 6.558 kilómetros por todo tipo de territorios, muerte, pillería y asesinatos.

Murió lentamente ante sus ojos impotentes, ante los testigos que se fueron agrupando a los gritos y entonaron cánticos reconfortantes y ceremoniales y rezos monoteístas, tambores animistas, en todos los idiomas que cambian al atravesar de los ríos, de un oasis a otro. Como no podían disponer del cuerpo según las creencias del muerto, lo quemaron en la hoguera añadiendo más madera y un poco de sus almas. La ceniza levantó una costra leve en su ánimo, como al calor de una cerilla.

Este suceso trajo la consecuencia positiva de que los seis mil y pico euros que disponían entre los tres, enterrados por ahí, alcanzasen ahora para su viaje a Lampedusa. Y aunque recordaron el nombre de Demba Serigne durante un tiempo, empezó a desvanecerse con la llegada de la noche, porque los albinos a la luz se vuelven carbonilla.

Con un nombre de anciana sabiduría, el Caronte, cómo oyeron que le llamaban, iba recogiendo el dinero, anotaba los nombres y llevaba la cuenta del capital recaudado. En un papel arrancado a un libro contable, oficiosa cuenta de los que han pagado. Subieron a una plancha desvencijada, que flotaba lastimosamente, 114 personas: niños, mujeres, bebés y hombres curtidos. Trescientos Cuarenta y Dos Mil Euros. Los llevó a una caja metálica en la motora de arrastre.

Nadie sabía que los llevaría a una corta distancia, más allá del límite de millas que revertían la responsabilidad a Túnez. Que les abandonaría flotando sin agua ni comida. Que hay una espera desconocida por un buque pirata que busca gente a la deriva en derrota por el Mediterráneo para robarles la muerte. Que quizás llegará antes que la sed o la flotabilidad sumerja a los marineros forzosos en el descanso de sus tumbas marinas.

La motora huyó por el mar oscuro de las voces aterrorizadas que no lo podrán contar a nadie. La hoja de papel con los nombres saltó también al agua, no fueran a ser recordados.

Érase de un marinero
que hizo un jardín junto al mar,
y se metió a jardinero.
Estaba el jardín en flor
y el marinero se fue
por esos mares de Dios.

Antonio Machado

Escoria #666

Ya ves…, soy escoria.

Nada peyorativo, no; es literal. Soy escoria recién salida de una erupción.

Os explico. Ocurre que, de vez en cuando, el diablo decide volver a probar si puede conquistar el mundo. Una de las maneras más comunes de intentarlo es esparcir montones de réplicas de sí mismo. Nos convoca a todas en las profundidades del averno y después nos lanza a la superficie, con más o menos mala leche, a través de algún volcán, a modo de gigantesca eyaculación.

No suele funcionar. Acabamos muy quemadas. Aunque técnicamente formemos parte del diablo somos poco operativas. Se nos va la fuerza por dispersión: mucha maldad esparcida por doquier. Mientras ardemos aún la liamos un poquito: alguna colada por aquí, avalancha piroclástica por allá… pero diabluras, lo que se entiende por cosas diabólicas de verdad, poquitas. Son más del rollo "fuerzas de la naturaleza" que actos satánicos. Al ser tantas hacemos bastante daño, qué duda cabe; abrasamos todo lo que se nos pone a tiro. Aunque ya se sabe, tarde o temprano dejamos de llamear y nos consumimos en inútiles cenizas. Si tenemos suerte y empieza a llover todavía nos da para hundir el techo de alguna casa, pero para poco más. Nos quedamos ahí quietas como estériles residuos. Es más, con el tiempo nos volvemos extremadamente fértiles y los insufribles labriegos nos acaban roturando como tierras de cultivo.

Por si fuera poco, encima tenemos que soportar los monumentales rebotes que se pilla Lucifer. En serio, es un auténtico gilipollas fracasado. Lleva tanto tiempo peleando con El Creador que ha perdido el sentido de la mesura. Y siendo poseedor de todos esos dones no hay manera de que se le bajen los humos. Un inútil, vamos. ¡Cualquiera de nosotras haría virguerías con sus poderes!

A ver si tengo más suerte la próxima vez y no me toca volcán. No sé…, bruja, macho cabrío, sectario, bruja malvada…. lo que sea menos magma.

Estoy un poco harta de terminar en escoria.

La hoguera
(Un gélido relato en Bosnia y Herzegovina)

Goran Seselj perdió su mirada en el crepitar de las llamas. Bajo la manta, el invierno se hacía menos pesado, la guerra se hacía menos cargante.

Más llevadera.

Durante los últimos cuatro días estuvo huyendo por los bosques del bombardeo serbio a la ciudad de Travnik. Su dirección; Zenica. Cuatro días en los que había tenido que lidiar con las nevadas, el hambre y el miedo a ser interceptado por una brigada paramilitar serbia. En enero, las nieves nunca abandonan las montañas de su amada Bosnia y las noches caen a plomo.

Las llamas de la hoguera le calentaban. Al anochecer, cuando el sol ya se había ocultado tras los riscos, pero aún había claridad, encontró un puesto de la *armija* bosnia. Oculto entre los matorrales se aproximó hasta ver bien el uniforme.

Compatriotas bosnios.

Rodeando una hoguera improvisada, un grupo de veinte soldados y dos tanquetas, preparaban algo de comida. En un principio, cuando se acercó a saludar, le apuntaron y le interrogaron; por aquellos días, cualquiera podría ser un enemigo, pues el bosnio, croata y serbio son la misma lengua pero con diferencias en los matices. Solamente le creyeron cuando recitó parte del Corán.

Era de los suyos, era bosniaco.

Bajo la manta, tiritaba. Dos soldados hacían bailar sobre el fuego unas salchichas de lata. Las llamas se encargaban de ennegrecer la superficie, y de hervirlas por dentro. Era una noche cerrada y estrellada; la siempre encapotada Bosnia, había decidido darles un respiro. La hoguera calentaba a los que la rodeaban, pero no a Goran, pues el frío lo llevaba metido hasta las trancas. Su ardor interno estaba congelado, contagiado por el clima montañoso.

—Toma —le dijo uno de los soldados ofreciéndole una botella de plástico con licor casero en su interior—. Esto te calentará por dentro. El *rakija* es el mejor alimento en estos días.

El primer trago le quemó la garganta. Un buen brebaje casero debe raspar al principio ya que te prepara para lo que viene. Un eslavo del sur lo valora, pues su historia va ligada con el sufrimiento y la violencia. Por ello analizan el impacto del primer golpe; si sobrevives a él, te sobrepondrás al resto.

El líquido le removió el estómago, pero la salchicha ardiente, como si hubiese emergido del mismísimo infierno, le ayudó a coger temperatura. Había olvidado lo que era comer caliente en las últimas semanas.

—¿Te diriges a Zenica? —le preguntó un soldado que se sentó a su lado. De mirada perdida, barba desaliñada de varios días y cuerpo generoso.

Goran aseveró con la cabeza.

—¿Vais hacia allí?

—No, nos dirigimos a Travnik para ayudar a la defensa de la ciudad.

Al escuchar Travnik, las lágrimas le asomaron. Eran frías y saladas. Pidió una botella de *rakija*. El licor balcánico, no solamente calentaba, sino que ayudaba a olvidar.

Zenica le parecía el mejor sitio. Sin familia, sin hogar, no le quedaba nada en su ciudad natal así que decidió huir a algún lugar seguro, después de que un proyectil de mortero entrase en su casa y se llevase por delante a su madre, padre y hermana. Él había salido en busca de algunas provisiones, el hambre es un arma más en un asedio. Si no consigues debilitar a tu enemigo a balazos, asesínalos por el estómago.

—Esos malditos serbios. Son unos salvajes, solamente saben matar, violar. Siempre han sido unos hijos de puta. Siempre se han considerado superiores a nosotros. Esos *chetniks* bastardos…

Apenas había conversaciones en torno al fuego. Los soldados caminaban, revisaban armas, comían y bebían en silencio. En su cabeza solamente había un objetivo; llegar a Zenica. Era lo que le permitía no derrumbarse y proseguir. Los fantasmas de su familia muerta no se asomaban.

—Somos voluntarios —le respondió un joven enjuto de gran bigote rojizo. En cada movimiento, el casco militar, con las hebillas por debajo de su barbilla bailando al viento, se deslizaba por un lateral derecho—. Tenemos que defender nuestra nación, a nuestras familias. Es lo que nos da ánimo para ir al frente, saber que nuestras acciones salvan a nuestras familias.

Goran carraspeó en el décimo trago de *rakija* de aquella noche. La angustia se desanudaba en su estómago. El efecto sedante del calor destilado le envolvía los pulmones, expulsando la helada noche de ellos.

—Travnik es el infierno —dijo, tras un par de horas enfrente de la hoguera, escuchando a Ivan, el joven pelirrojo de bigote, quien, proveniente de Busovacha, una minúscula aldea la cuál la guerra ni le había acariciado, se jactaba de lo orgulloso que se sentía al ir al frente para luchar por su familia—. Los serbios bombardean noche y día, no hay calle, casa sin un agujero de mortero. No hay familia que no haya perdido algún miembro. No hay honor en luchar, solamente más muerte. Sangre en tus jodidas manos, sangre de tus familiares que no pudiste proteger, sangre de los putos *chetniks*. Sentir que cada segundo podía ser el último, que había una bala con tu nombre. Y, pese a todo tu esfuerzo de mantenerte en la ciudad, de intentar no dejarla, toda esa energía no ha servido para nada. Solamente para traer más muerte. Si quieres luchar por tu patria, si quieres vengarte de los *chetniks*, es tu jodido puto asunto. El mío es poder llorar a mi familia en paz.

Su tono de voz había aumentado, creciendo, encendido por las llamas de la rabia, por el fuego del dolor. Sus ojos, empañados por las lágrimas y repletos de lacerante ira se clavaban en los de Ivan quien, bajó la cabeza. Las palabras alrededor del fuego cesaron aquella noche, dando lugar al envolvente crepitar de las llamas, y el crujido de la nieve bajo las botas.

Al día siguiente le despertaron al alba. Le habían dejado un espacio en la tienda de campaña improvisada. En él, una almohada y un par de gruesas mantas. Era la primera vez que dormía caliente desde el final del verano.

—Estamos recogiendo —le dijo un soldado arrodillado—. Nosotros seguiremos nuestro camino hasta Travnik. Te vamos a dejar un pequeño petate con comida y agua para tres días. Tiempo suficiente para llegar hasta Zenica. Sigue por la carretera y lo alcanzarás en dos días. Aunque la ruta está controlada por nosotros, intenta evitar caminar abiertamente por el asfalto, nunca sabes con quién te puedes encontrar…

Se incorporó como pudo, aún con la vista dándole vueltas. Asintió con la cabeza y les ayudó a recoger la tienda. A Goran le dolía la cabeza por el *rakija*, pero el desayuno, una sopa caliente de remolacha y unas galletas le ayudaron a recobrar las fuerzas para reanudar su camino.

En apenas media hora, los soldados estaban preparados para partir. Montaron en las tanquetas y se despidieron de él.

—Cuando llegues a Zenica, ve al cuartel de la *armija* y deja estas cartas allí. Anoche, cuando te acostaste, algunos decidimos escribir a nuestros familiares, por si nos pasase algo —le dijo Ivan antes de subir al vehículo ya en marcha—. Es curioso, he terminado la carta hace escasos minutos y no he sido capaz de expresar lo aterrado que estoy de verdad. ¿Cómo eres capaz de mantenerte en pie? —añadió entre risas nerviosas y temblorosas.

—No lo sé. Solo quiero llegar a Travnik —respondió Goran con la mirada anclada en las cartas que sostenía en las manos—. Ahí pensaré si me pego un tiro o…, o decido vivir.

El soldado sonrió lacónico, se atusó el bigote, saltó a la tanqueta y cerró la puerta para que esta arrancase.

Goran siguió con la mirada enmudecida a los vehículos hasta que desaparecieron en las sinuosas curvas de aquellas montañas. Los rayos de sol empezaban a acariciar los picos de aquel valle y la hoguera, ya ahogada, solamente dejaba escapar un pequeño hilo de humo, señal de que algunas cenizas aún seguían encendidas.

Autores

José Luis Luna

Desde aquel copiar 100 veces "No me olvidaré los deberes en casa" su reconciliación con la escritura ha ido paralela a la reconciliación con la vida, para acabar utilizando las cuartillas como el amigo que siempre escucha pacientemente.

A través del bolígrafo se puede hablar con el amigo desconocido, con la amante esperada, con el "yo del futuro" y con el niño interior, semi olvidado, al que hay que explicarle la realidad en forma de cuentos para que pueda aceptarla.

En diferentes clubs de escritura ha podido combinar el placer de compartir la creatividad propia con el chafardeo en las vidas ajenas a través de los relatos.

Nuria Riera Wirth

Movida siempre por su pasión hacia el mundo artístico trabajó, durante unos años, como productora y distribuidora de artes escénicas, ayudando a compañías emergentes a posicionarse en el mercado. Posteriormente dirigió y presentó dos programas de radio:

"Males Companyies" y "Caravana de Letras" en Ràdio Farró. En la actualidad coordina debates cinematográficos a través de varias plataformas, presenta el programa de radio "La Isidreta entre letras" y lidera el grupo de escritura creativa *Barcelona Escribe.*

Jordi Aldeguer Pueyo

Nació entre montañas de libros (sic) para ilustrar su infancia y adolescencia. Trabajó en el taller familiar siendo niño y adolescente. Allí construían miniaturas de cañones clásicos, pistolas decorativas, sujeta libros y muebles de forma artesanal. También encuadernaban libros cuando era requerido. En este lapso, que terminó a los dieciocho años, se definieron sus inclinaciones. Fue a través del trabajo manual que llegó a la escritura. Escribiendo a mano, encontró esa cercanía a la artesanía de ambas prácticas ornamentales. Durante los trabajos más repetitivos empezó a escribir la poesía con la que interrumpía y mezclaba esas tareas monótonas en las que avejentaba cuñas de madera quemándolas o pulía los cañones tratados químicamente que montaba en ellas. Artesanía, alquimia, transmutación.

Uno de sus poemas largos, titulado "Soberana", se empleó en la realización de un corto en súper-8 al estilo setentero. Su primera novela germinó cuando tenía veintidós años. Escribía textos para una revista que eran censurados o tergiversados por el consejo de redacción. Si esto denotase calidad, ahí queda toda esa producción que se ha perdido. Ha participado en numerosos talleres de escritura creativa para contentar su pasión por la escritura, asumiendo su vertiente más lúdica y terapéutica.

Por eso, en estos últimos tiempos, conectado a *Barcelona Escribe*, está reescribiendo su equipaje con una nueva madurez acercándose a un lector potencial que adquiere corporalidad y pensalidad en sus compañeros de afición.

Ana Laura Gutiérrez Robles

Nací en la tierra de la tortita ahogada, el tequila y el mariachi. Me gusta decir que soy tapatía de sangre, tijuanense de corazón, aunque en Tijuana sólo he estado medio día. Vivo en Barcelona hace tres años.

Desde chica me apasionó el mundo de las letras. Intenté algún tiempo ser poeta, lo que se transformó en microrrelatos, aforismos, greguerías y algún que otro disparate literario al que me gusta llamar cuento. Encontré mi verdadera pasión en las letras desgreñadas, honestas, expresivas, intensas.

Esteffany Martínez

Amante de la escritura en la madrugada, de la lectura mañanera, y del soñar despierta. Exploradora nata del entendimiento de los sentidos y el comportamiento humano, viajera por virtud, terca por compromiso.

Noelia Ibáñez Segura

Eterna estudiante de lengua y literatura española se unió al grupo de escritura *Barcelona Escribe* durante el confinamiento con la esperanza de encontrar las musas que había perdido atrapada en una vida rutinaria. En el grupo encontró, además de eso, personas con gran valor humano con las que compartir una gran pasión y muchos momentos de plenitud. En la actualidad continúa sus estudios en el ámbito lingüístico mientras trabaja en el campo de la educación infantil con la idea de crear nuevos proyectos literarios.

Gaueko Mateo

Leiotarra afincado en Barcelona. Se inició en el grupo *Barcelona Escribe* con el propósito de mejorar su paupérrima narrativa y, al mismo tiempo, aprender y escuchar a otros escritores. Desde su tierna infancia soñaba con otros mundos, por lo que el género de fantasía y ciencia ficción le atraparon hasta que descubrió que, fuera de su Euskadi natal, había mundos igual de asombrosos que en los libros.

Enric J. Gisbert

Amante de la sátira, el surrealismo, la fantasía y la ciencia ficción, inició su relación con el grupo *Barcelona Escribe* con el propósito de obtener *feedback* para sus escritos. Las posibilidades que ofrece actualmente la autoedición le llevaron a colaborar con Nuria Riera en la puesta en marcha de esta colección, en la que ha publicado "Nunca pasa nada y otros relatos", "Fauna l-m3nt4l" y "r4Rørrelatos". También ha participado con algunos micros en las recopilaciones "Cachitos de Tierra" y "El hotel de las musas". Anteriormente divulgó en redes más de un centenar de escritos bajo el pseudónimo "s3r r4Rø", material que puede ser consultado en la web *macrorraro.com*, el cajón de sastre virtual del autor. Entre otros proyectos, sigue a la greña con los últimos capítulos de su primer (e interminable) intento de novela larga y busca editorial para su primer libro infantil ilustrado.

Suele matar gente, pero de broma.

Álvaro Puchol Gómez

Soñador despierto. Desde pequeño siempre ha tenido la inquietud de contar historias. Gracias a *Barcelona Escribe* encuentra el catalizador necesario para comenzar a escribir con asiduidad. Compagina su trabajo como sanitario con la escritura, que le apasiona. "Cachitos de Tierra" es el primer proyecto en el que ha participado.

Índice por autores

Esteffany Martínez

Gaueko Mateo

Álvaro Puchol Gómez

Nuria Riera Wirth

Publicaciones de BCNEscribre:

1. ¿Vuelas? - Nuria Riera Wirth
2. Nunca pasa nada y otros relatos - Enric J. Gisbert
3. Breves - Nuria Riera Wirth
4. Cachitos de tierra - Varios autores
5. Fauna L-Mental - Enric J. Gisbert
6. Relatos Mágicos - Varios autores
7. r4Rørrelatos - Enric J. Gisbert
8. Amores cobardes - Nuria Riera Wirth
9. El hotel de las musas - Varios autores
10. Cachitos de fuego - Varios autores

Disponibles en Amazon y Lektu.com

www.ingramcontent.com/pod-product-compliance
Lightning Source LLC
LaVergne TN
LVHW090051160826
845672LV00015B/1643

* 9 7 8 8 4 0 9 4 4 1 2 0 4 *